LES FRANÇAIS
A LA GRENADE,
OU
L'IMPROMPTU
DE LA GUERRE ET DE L'AMOUR,

COMÉDIE-DIVERTISSEMENT

EN DEUX ACTES ET EN PROSE,

mêlée de Chants, de Danses & de Vaudevilles.

Composée à l'occasion des avantages remportés par les Armées de SA MAJESTÉ très-Chrétienne en Amérique, pendant la Campagne de l'année 1779.

Jouée sur les Théâtres de Lille & de Douay le 20 Septembre de la même année, & successivement sur les autres Théâtres de Province.

PAR M.ᵉ C****** D'H*******.

A LILLE & à DOUAY, ainsi qu'à PARIS,
Chez les Marchands de Nouveautés.

M. DCC. LXXIX.

AVANT-PROPOS.

SI l'on pouvoit suppofer qu'il y eût un feul Lecteur peu difpofé à l'indulgence pour une Production de ce genre; on lui diroit que cette petite Piéce, dont l'effet n'eft pas defagréable, a été faite, apprife & jouée par les Acteurs de Lille en moins de quatre jours. Mais quel mérite y a-t-il dans cette diligence, lorfqu'il eft prouvé que Monfieur LE COMTE D'ESTAING a employé moins de temps à conquérir *la Grenade* & à battre l'Amiral Byron, que les Gazettiers n'en ont mis à raconter fes Victoires? Quel Français bien né, vivant fous *LOUIS XVI*, ne fe fent difpofé, lorfqu'il entend raconter de tels fuccès, à faire pour le fervice de fon Roi, quelque chofe de mieux que des Piéces de Théatre? Mais au moins y a-t-il un peu de Patriotifme à donner de tels Spectacles; & c'eft dans leur fuccès, que ceux qui s'y emploient trouvent leur récompenfe.

NOMS DES ACTEURS.

LE CHEVALIER, Officier Français,

Mad^e MOULDING, Veuve Anglaise Amériquaine.

MISS MAK-BELL, Niéce de Mad^e Moulding.

BETZI, Femme de Chambre attachée à Miss Mak-Bell.

L'ÉVEILLÉ, Français attaché au Chevalier.

FOORBRIK, Anglais, Prétendu de Miss Mak-Bell.

TROUMPALL, Anglais, Valet de Foorbrik,

BELHUMEUR, Sergent Français.

UN VALET.

GRENADIERS & SOLDATS de l'Armée Française.

MATELOTS de l'Escadre Française.

FEMMES & FILLES Grenadiennes.

La Scène est dans la Ville, chez Madame Moulding & sur le Port de l'Isle de la Grenade.

UN OFFICIER. *Second Couplet.*

Diſparoiſſez, fiers Léopards :
Anglais, dans vos triſtes remparts,
Allez pleurer votre défaite,
Allez pleurer votre défaite.
L'Américain briſant ſes fers,
Chante dans un autre Univers,
Vive LOUIS, vive ANTOINETTE. *bis.*

Troiſiéme Couplet.

Vive D'ESTAING, ce fier Guerrier,
Qui change Grenade en Laurier :
C'eſt le Favori de la Gloire. *bis.*
Diſparoiſſez, fiers Léopards,
Quand nous chantons dans ces remparts,
Vive LOUIS, vive ANTOINETTE. *bis.*

Madᵉ MOULDING. *Quatriéme Couplet.*

Devant un Guerrier généreux,
Un cœur ſe rend au premier feu.
L'Amour couronne la Victoire, *bis.*
Mes Patriotes ſont Anglais,
Mais j'eus toujours le cœur Français,
Et pour le prouver je répete,
Vive LOUIS, vive ANTOINETTE. *bis.*

BETZI. *Cinquiéme Couplet.*

Du Bal que donnent les Français,
Nos Anglais ont payé les frais :
L'aventure ſera parfaite, *bis.*
Si l'Eveillé, mon Favori,
Me mene chanter à Paris,
Vive LOUIS, vive ANTOINETTE.

Sixiéme Couplet. (au Public.)

Dans cet Ouvrage du moment,
L'eſprit le céde au ſentiment ;
Car pour LOUIS, pour ANTOINETTE, *bis.*
C'eſt le cœur qui fait tous les frais.
En faut-il plus à des Français ?
Non, ſi chacun de vous répete,
Vive LOUIS, vive ANTOINETTE. *bis.*

36 LES FRANÇAIS A LA GRENADE.

Un Soldat du Régiment de Dillon & un de Haynaut, dansent la Fricaffée & chantent, sur l'air, Quand on va boire à l'Ecu.

Vivent not' Reine & notre Roi,
Viv' les Princes du Sang de France.
Vivent not' Reine & notre Roi,
Chacun de nous l's aime plus que soi.

Que n'pouvons-nous à leurs yeux
Verser tout not' sang pour eux.
Je nous trouverions trop heureux
De les entendre dire,
L'Français n'est pas peureux.

Non, ventrebleu, il ne l'est pas ; & si le Roi nous voyait faire, de quoi ne serions-nous pas capables?

(*On reprend*) Vivent not' Reine & notre Roi &c.

C'est à la brèche, à l'assaut,
Que ct'amour-là brille en beau,
Et D'ESTAING sur son Vaisseau,
A fait voir qu'il pétille
Entore plus fort sur l'eau.

Demandez à l'Amiral Biron, il vous en dira des nouvelles.

(*On reprend*) Vivent not' Reine & notre Roi &c.

Mes amis, dans la Chanson,
Mettons D'ESTAING & BOURBON.
Chantons-les à l'unisson:
Tout enfant de la gloire
Sçaura prendre le ton.

Allons mes Camarades.   Vivent not' Reine, &c.

Après la Fricaffée, les Soldats invitent les Femmes à danser; tout se mêle, & le Divertissement finit par un Ballet général.

Permis d'imprimer. A Douay, le 26 Septembre 1779.
Signé DE WAVRECHIN.